Pierre Eberhard Sczersputowski:
Das Märchen von der neuen Zärtlichkeit

Die Deutsche Bibliothek - CIP-Einheitsaufnahme

Sczersputowski, Pierre Eberhard:
Das Märchen von der neuen Zärtlichkeit /
Pierre Eberhard Sczersputowski. - Köln: Aktivraum-Verl.
Zavelberg, 2000
ISBN 3-934753-03-5

Gestaltung und Satz: Rolf Zavelberg

Herstellung: Libri Books on Demand

Aktivraum
Agentur & Verlag

Rolf Zavelberg
Volksgartenstr. 1
50677 Köln

Alle Rechte vorbehalten.

Fon: (0221) 93481-18
Fax: (0221) 93481-17
www.aktivraum.de

Pierre Eberhard Sczersputowski

Das Märchen von der neuen Zärtlichkeit

Ob es sich wirklich so zugetragen hat, weiß man heute nicht mehr zu sagen, jedenfalls hat der Fuhrmann die Geschichte so erzählt und bei der Mutter Gottes geschworen, es sei genau so gewesen; dann hat er sich bekreuzigt.

Doch fangen wir mit der Vorgeschichte an:

Es war Sommer, ein heißer, trockener Sommer. Die Bauern hatten viel zu tun. Wassili arbeitete auf dem Hof seines Vaters. Das Tagewerk begann im Morgengrauen und erst nach Sonnenuntergang kehrte er zurück.

Dennoch verspürte er seit Wochen eine Unruhe, die er sich nicht erklären konnte.

Gleich nach der abendlichen Suppe, wenn die Jugend sich auf dem Dorfplatz traf, trieb es ihn hinaus in seine Einsamkeit. Er saß am Rande des Moores, starrte ins Schilf, oder lag im hohen Gras am Wald, den Blick in den Himmel gerichtet, sowohl sich selbst wie alles, was ihn umgab, vergessend.

Doch die Unruhe ließ nicht von ihm ab.

Auch war da dieser Traum, der aus den finsteren Landen seines Inneren sich ihm näherte und verschwommen erst, dann klare Gestalt annahm, heller wurde und heller, ihn zu blenden begann, dass es ihm Schmerz bereitete, und er bald glaubte, es nicht aushalten zu können, schließlich blasser wurde, zerlief und konturenlos im Dunkel aufging:

Inmitten eines weiten, trostlosen Schneefeldes, welches nach allen Richtungen hin in den Himmel überging, stand verloren eine Gestalt, die Hände vor dem Mund zu einem Trichter geformt und rief.

Je öfter ihm dieses träumte, um so mehr wurde ihm zur Gewissheit, dass diese Gestalt er selber war.

Jeweils nach diesem Traum pochte die Unruhe verstärkt in ihm und erst, wenn er sich verbissen in die Arbeit stürzte und ohne Pause bis an den Rand der Erschöpfung wühlte, gewann er einen erträglichen Abstand.

Neuerdings beängstigte ihn vermehrt ein Umstand, der ihn an die Grenze seines Verstandes zu bringen drohte.

Der Traum übermannte ihn am helllichten Tage.

Traumwelt und Wirklichkeit verliefen dann so übergangslos ineinander, dass Wassili den Boden unter seinen Füßen zu verlieren glaubte, er schien zu schweben.

Als die Ernte eingebracht war, die Vorräte für den Winter in Kammer und Scheune aufgereiht und verstaut waren, ruhte die Arbeit. Man stellte sich auf den Winter ein.

Da hielt es Wassili nicht mehr auf dem Hofe. Eines Morgens packte er sich warme Sachen zusammen, Zündhölzer, Angelzeug, und alles, was man so brauchte. Die Mutter legte ihm Tee, ein großes Stück Speck und ein Säckchen Bohnen dazu. Aus dem Schuppen holte er seine Axt, vom Boden warf er sich ein Bund Stroh herunter, band alles zusammen zu einem großen Bündel und legte es vor der Tür ab. Dann setzten sich der Vater, die Mutter und er auf die Bank vor dem Haus und sie saßen eine Weile versunken da, still, wie es Sitte war. Schließlich richteten sie sich auf. Er küsste die Mutter, küsste den Vater, warf sich das schwere Bündel über die Schulter und ohne sich noch einmal umzuwenden, verließ er die beiden Alten. Sie sahen ihm nach, er besorgt, sie zuversichtlich, bis ihn der Morgendunst verschlungen hatte.

Still gingen sie ins Haus.

Auf seinen abendlichen Wanderungen war er häufig an der Hütte des alten Timofei vorbeigekommen, die um die 20 Werst vom Dorf entfernt lag. Früher war dort die Poststation gewesen, an der die Pferde gewechselt wurden; auch konnten die Reisenden dort einen heißen Tee bekommen, eine Suppe oder einen Wodka gegen die Kälte, gegen die Feuchtigkeit, gegen die Hitze. Väterchen Timofei war der letzte Postmeister gewesen. Nun war er schon über fünf Jahre tot. Das heißt, irgendwann stand die Hütte leer, Timofei hatte man nicht gefunden, seitdem auch nichts mehr von ihm gehört.

Nun verfiel die Hütte langsam. In den Wintern schneller, die Sommer schienen ihr nichts auszumachen.

Dorthin lenkte Wassili seine Schritte. In der Einsamkeit würde er Ruhe finden.

Einige Tage war er beschäftigt, Ordnung in seine neue Heimstatt zu bringen. Er besserte das Dach aus. Er säuberte die ehemalige Gaststube. Dort wollte er wohnen. Außerdem legte er sich einen größeren Vorrat an Brennholz an. Denn er wollte es warm haben. Später war das alles nicht so wichtig. Doch das wusste er noch nicht.

Früher als sonst kam der Winter. Es schneite. Stille breitete sich aus. Auch in ihm wurde es still. Etwas wuchs in ihm, das mehr und mehr Gestalt annahm, obwohl er es nicht begriff, ließ er nunmehr alles geschehen, ohne dass er sich, wie noch im Sommer, dagegen wehrte.

Die Tage vergingen.

Eines Nachts waren sie da.

Er hörte sie um das Haus schleichen, an der Tür kratzen und scharren. Und es schien ihm, als ob sie sich nie mehr weit vom Haus entfernten. Ihr Geheul begleitete seine Nächte, es wurde ihm zur Gewohnheit.

Bei Tagesanbruch las er im frischen Schnee ihre Spuren. Es musste ein Rudel von mindestens acht oder zehn Tieren sein.

Irgendwann, er konnte es nicht mehr genau sagen, waren sie fort geblieben. Es war ihm gar nicht bewusst geworden, erst nach ein paar Tagen hatte er es bemerkt. Vielleicht waren sie weiter gezogen.

Und dann passierte es:

An einem Nachmittag, es dämmerte bereits, schien er das Schellen eines Fuhrwerks zu hören. Noch ehe er sich klar geworden war, ob es wirklich geläutet hatte oder nur Einbildung war, war es verstummt.

Dann brach die Hölle los: Pferde schrien in höchster Not, Glöckchen schrillten, jemand fluchte wie der Leibhaftige und dazwischen wütendes Heulen, Jaulen, Schnaufen und wildes Fauchen.

Wassili stürzte aus dem Haus. Keine dreißig Schritte entfernt sah er das Getümmel.

Doch nun lassen wir den Fuhrmann die Geschichte weiter erzählen:

„Ich war auf dem Weg nach Hause. In der Nähe der alten Poststation wurden die Pferde unruhig. Vor allem der Braune sprang hin und her und ging wohl auch vorne hoch. Jedenfalls musste ich anhalten, denn er war über die Zugleine gesprungen. Ich war noch nicht vom Wagen runter, da fielen sie über uns her, zehn oder fünfzehn graue Bestien. Geistesgegenwärtig griff ich hinter mich nach der Schaufel und schlug damit einem grauen Teufel auf den Schädel. Doch schon saßen ein, zwei dem Braunen auf dem Rücken und verbissen sich im Nacken, an den Beinen hingen andere. Ich schlug auf sie ein und fluchte und betete zugleich. Die Pferde keilten aus, gingen hoch und versuchten die Pest abzuschütteln. Plötzlich fegte wie ein Blitz ein Kerl dazwischen, schrie und brüllte, trat einem der Biester in die Flanke, dass es weit fort geschleudert wurde, und mit den bloßen Händen ergriff er gleichzeitig zwei bei der Mähne, riss sie von meinem Braunen weg und warf sie wie Kaninchen von sich.

Dann war der Spuk zu Ende; heulend und winselnd flohen sie und bei meiner Ehr - Gott sei mein Zeuge, setzten sie sich in einer Entfernung von fünfzehn Schritt wie brave Hunde im

Kreis um uns auf die Hinterpfoten und sahen zu Boden.

Der Mann sprach inzwischen beruhigend auf die Pferde ein, sie wurden von einem Moment auf den anderen lammfromm, als er sich die Verletzungen ansah. Er streichelte darüber. Es war gut gegangen. Die Bisse waren nicht gefährlich.

Während ich noch glaubte zu träumen, stieg der Fremde zu mir auf den Schlitten, ließ die Pferde gehen, ohne ein Wort zu verlieren. Die Wölfe folgten uns, unheimlich und leise.

Am Rande meines Dorfes hielt er an, gab mir die Zügel in die Hand und wollte sich auf den Rückweg begeben. Da fragte ich ihn: ‘Sind das deine Wölfe?’ Er sah mich an, es war zu dunkel, als dass ich sein Gesicht genauer sehen konnte und antwortete mir: ‘Es sind auch deine’. Darauf verschwand er, die Wölfe mit ihm.

Genau so hat es sich zugetragen, Gott sei mein Zeuge“, und er bekreuzigte sich.

Der Fuhrmann aber, der sich nicht sicher war, ob ihm die Jungfrau Maria geholfen hatte oder der Teufel, zündete noch am selben Abend drei Kerzen an für die Mutter Gottes.

Auf dem Weg zurück zur alten Poststation überkam Wassili mehr und mehr ein unsägliches Glücksgefühl. Er hätte lachen und singen mögen, und dann tat er es. Er tanzte durch den Schnee, sang aus vollem Halse, schwindelig stürzte er, rollte sich im Schnee, bis er tief atmend liegen blieb.

Das Leittier, es war in diesem Rudel eine Wölfin, näherte sich ihm als Erste, dahinter vorsichtig die anderen.

Wassili sah sie kommen und ermunternd rief er ihnen zu: „Los, kommt!“

Erschrocken sprangen sie zurück, um sich jedoch nach einer Pause erneut zu nähern, schließlich erreichte ihn die Wölfin und blieb vor ihm stehen, sie neigte den Kopf zur Seite, ihm so den ungedeckten Hals zuwendend. Sie knurrte leise.

Wassili lud sie und ihr Gefolge ein, mit ihm zu spielen und herumzutollen. Immer wieder lief er ein paar Schritte fort, kam wieder zurück, als wollte er sie fangen. Dann hatten sie begriffen, und bald tobten sie mit ihm im Schnee herum, dass es nur so eine Freude war, Freude an der Bewegung, Freude an ihrem Körper.

Nach Stunden erreichten sie die alte Poststation. Kaum hatte er die Tür geöffnet, schon drängten sich seine neuen Gefährten hinein, ein jeder suchte sich ein Plätzchen, wo er sich zusammen rollte.

Als Wassili sich inmitten seiner neuen Freunde zur Ruhe streckte und wohlig seine Glieder reckte, ging ihm das Bild vom einsamen Rufer wieder auf. Doch zu seiner großen Verwunderung hatte es sich verändert: Ein Kreis hatte sich um die Gestalt gelöst, war geschmolzen: Der Kreis der Wölfe! Er war einer der ihren geworden. Glücklich schlief er ein. Nie zuvor in seinem Leben hatte er ein so starkes Gefühl der Verbundenheit zu anderen Wesen empfunden. Aber auch niemals, wusste er sich später zu erinnern, war er so voll Schmerz und Zerrissenheit gewesen wie kurz danach.

Ihm träumte, er trabe im Rudel durch den finsteren Tann. Kein Laut ringsum zu hören. Als sie auf eine Lichtung kamen, hing dort der Mond übergroß in den Tannenspitzen, wie aufgespießt. Sein honigmildes Licht nahm der trostlosen weißen Einöde etwas von ihrer tödlichen Verlorenheit. Niedergeschlagenheit breitete sich aus, vor allem, wenn sie verharrten, verschnauften oder lauschten. Sie konnten deutlich einander ihre Mägen knurren hören. Sie waren hungrig.

Viele Werst mochten sie zurückgelegt haben, plötzlich waren sie alle hellwach. Wie weggeblasen waren ihre Kümmernisse. Gerade hatten sie die Kuppe eines Hügels erreicht und den Blick frei ins sanft abfallende Tal, da machten sie unten sechs Schatten aus, die langsam dem entfernten Wäldchen zustrebten. Es gab keine Möglichkeit, ihnen den Weg abzuschneiden. Also stürzte die Wölfin los. Sie alle folgten ihr. Sie mussten die Beute vor Erreichen des Waldrandes stellen.

Es war ein unbeschreibliches Gefühl, was Wassili empfand. Sein ganzer Körper war Bewegung. Gier hatte ihn ergriffen und nervöse Erregtheit, die Beutetiere zu erreichen. Wasser sammelte sich in seinem Mund.

Die wilde Jagd war unten entdeckt worden. Es war ein Rudel Hirsche - drei Muttertiere mit zwei Jungen und dem Bullen. Sich der todbringenden Gefahr bewusst, begannen sie in höchster Hast, dem rettenden Wäldchen entgegen zu springen. Doch der tiefe Schnee behinderte sie in ihrem Lauf, auch sanken sie mit ihren langen, schlanken Beinen viel tiefer ein als ihre Verfolger, so dass der Abstand mehr und mehr schrumpfte. Ihre Kräfte schmolzen schnell zusammen, und es war nur noch die Todesfurcht, die sie vorantrieb.

Wassili und die schnellsten der Gruppe, allen voran die Wölfin, hatten ihre Opfer fast erreicht, da wendete sich der Bulle und mit gesenktem Haupt stemmte er sich den Angreifern entgegen. Wassili und die Leitwölfin ließen sich in vollem Lauf fallen, der Dritte stürzte in die Spitzen des gewaltigen Geweihs, die Bauchwand barst und mit schrecklichem Geheul ward er durch die Luft geschleudert, blieb liegen.

Der Schmerz des Bruders durchfuhr Wassili, als ob es ihm widerfahren wäre. Es zerriss ihn und betäubte für einen Moment seine Sinne. Dann war die Meute da und von allen Seiten fiel sie über den einzelnen Gegner her, mochte er sich noch so standhaft wehren. Als er von den Beinen geworfen war, hatten seine Kräfte ein Ende. Wassili stand vor ihm am Kopf und blickte ihm gerade in die Augen. Bevor sie verdunkelten, sah er das unendliche Leid dieser Kreatur darin. Im selben Augenblick teilte er das Leid mit ihm.

Wassili sprang von seinem Lager, stürzte aus dem Haus und übergab sich. Er fühlte sich elend und zerrissen. Seine Glieder brannten, als risse man ihm mit glühenden Zangen Fleischstücke heraus. Gleich darauf fühlte er wärmendes Wohlbehagen im Magen. Sterben und Leben war in ihm, ohne dass er es zu trennen vermochte.

Gegen Morgen kehrten seine Gefährten zurück, wie am Abend zuvor, drängten sie sich in seine Hütte und ein jeder legte sich wohlig knurrend auf seinen Platz zum Schlafen nieder.

In den nun folgenden Tagen waren seine Empfindungen stets zwiespältig.

Durch den sterbenden Hirsch war seine Seele um einen Kreis weiter geworden. Mal teilte er das Los mit diesen hungernden Wölfen, dann wieder war er mit den Hirschen zusammen. Er bekam aber keine Ordnung hinein.

Einige Nächte hindurch waren die Wölfe ohne Beute gewesen und jeden neuen Morgen kamen sie niedergeschlagen zurück. Diese Niedergeschlagenheit teilte sich ihm voll mit, so dass er darüber nachdachte, Abhilfe zu schaffen. Wenn man das Rudel zu den Hirschen führte?

Im selben Moment erschrak er über sich selber: Wie konnte er nur auf einen solchen Gedanken verfallen! Nie durfte er zu einem Kreis eine engere Beziehung aufbauen, zum Schaden eines anderen. Er öffnete weit die Tür seiner Hütte und jagte die Wölfe hinaus. Sie gehorchten ohne Protest, denn er stand in der Rangordnung weit über der Wölfin.

Wassili hatte ein Gesetz begriffen, das die Welt zusammenhielt, das Ordnung schaffte.

Nachdem er die erste, aber auch die größte Prüfung bestanden hatte, zwei Antagonisten in sich zu vereinigen, was ihm fast das Herz zerrissen hatte, erweiterte sich seine Seele um einen Kreis nach dem anderen, als ob sie schon in ihm waren, nur erweckt mussten sie werden.

Die Schneeschmelze kam. Und im Gefolge wilder Stürme, die die weiße Decke aufrissen und verschlangen, kehrte der Frühling ein.

Eines Morgens erwachte Wassili noch vor dem Morgengrauen. Er fühlte sich sofort wohl und ausgeruht, obwohl er am Vorabend nicht allzu früh sein Lager aufgesucht hatte. Eine angenehme Erwartung spürte er, wie sie ihn wohl als Kind ergriffen hatte, wenn der Heilige Abend bevorstand, oder ein hoher Festtag, und überall in den Räumen und auf den Gesichtern Vorfreude schwebte.

Er versuchte es nicht zu deuten, doch ließ er sich davon gefangen nehmen und überfluten. Er kleidete sich an und verließ die Hütte. Ohne zu wissen, wohin er ging, ließ er sich treiben. Nach etwa einer Stunde gelangte er an eine Quelle, die, versteckt in einem Birkenwäldchen, ihm schon oft Erfrischung gespendet hatte. Er beugte sich hinab, ließ das kalte Wasser über die hohlen Hände laufen und trank, trank, bis er die Kühle in sich verspürte. Dann legt er sich daneben nieder, lauschte auf das Gemurmel und Geplätscher, wenn das Wasser zwischen den eng liegenden Steinen hindurch eilte.

Leicht war ihm zumute und unbeschwert. In das stete Murmeln mischte sich, wie er vermeinte, zarte Musik. Deutlich schien er Flöten und Schalmeien herauszuhören. Bald waren auch zwitschernde Stimmen dazwischen zu vernehmen.

Er richtete sich ein wenig auf, um besser zu lauschen, woher die wundersamen Weisen kämen. Da nahm er zart schimmernde Gestalten wahr, die sich ihm näherten. Gestalten von Mädchen, nicht größer als zwei Fuß, in wallenden Gewändern, das Haar lang, blumenbekränzt, reichten sie einander die Hände und begannen um ihn herum zur Musik einen Reigen zu tanzen. Ihre Füße schienen den Boden kaum zu berühren. Blickte er eines dieser Wesen genauer an, verschwammen die Konturen im Dunst, um gleich darauf wieder da zu sein. Zwischen ihnen schwebte auch eine Gestalt von fast Menschengröße. Sie war schön. Das Herz hüpfte ihm vor Freude bei ihrem Anblick. Keine Bewegung wagte er, aus Angst, den Zauber zu zerstören. Dann trat die Schöne in die Mitte zu ihm, während der liebliche Reigen sich schloss und weiter drehte.

„Sei gegrüßt Schamane Wassili."

Erschrocken fuhr er auf: „Ihr kennt mich?"

„Schon vor deiner Geburt wussten wir von dir.“

„Ich bin kein Schamane.“

„Du weißt es noch nicht.“

„Wer seit Ihr?“

„Ich bin die Königin des Lichts: Vor der Zeit, als aus Staub ferner Sonnen die Welt entstand, und der große Regen die Meere, die Seen und die Flüsse füllte, erwachte in den Wassern das Leben. Zuerst waren es kleine Lebewesen, die sich einander glichen. Sie ernährten sich von den Dingen, die Lebewesen werden wollten, aber noch keine waren. Bald hatten sie alles Keimende gefressen und Hungersnot brach aus, denn etwas anderes gab es noch nicht. So begannen sie damit, einander zu jagen und zu fressen. Und das Leben schien zu verlöschen.

In seiner Not versuchte eines, und es war wirklich nur ein einziges, das Sonnenlicht zu kosten, und - es wurde satt davon.

Nun, davon gab es genug! Dieses Lichtwesen suchte sich ein geschütztes Plätzchen, um nicht Beute seiner weniger glücklichen Geschwister zu werden, und vermehrte sich.

Das war unser Urahn. Seine Kinder und Kindeskinder zählten bald Myriaden und Abermyriaden. Nicht nur im Wasser lebten sie, sondern auch das trockene Land eroberten sie. Als sich beide verbanden, wurde der Himmel daraus, der blaue Himmel über uns.

Wir sind die Wesen des Lichtes, und ich, als die Königin in diesem Reich, bin gekommen, um es dich sehen zu lassen. An meiner Seite werden dir alle Elfen Hilfe sein, die große Harmonie in dich fließen zu lassen."

Mit diesen Worten küsste sie ihn auf den Mund, nahm sodann seine Hand und trat in den Kreis zurück.

Als er die kleine Hand der Elfe zu seiner Linken ergriff und der Kreis sich schloss, breitete sich in ihm eine unendliche Kraft aus. Und er tanzte mit den Elfen den Reigen, der so weit spannte, dass er den Wald, die Wiesen und die Felder, ja wohl die ganze Welt mit einbezog.

Als die Sonne aufging, wurden die Gestalten blasser und blasser, bis sie in ihrem Licht aufgingen.

Wassili fand sich allein. Noch trunken von seinem Erlebnis, eilte er heim zu seiner Hütte. Beschwingt war sein Herz, und voller Freude tanzte er über die Wiesen nach der Melodie, die in seinen Ohren weiterklang; auch die Kraft, die er beim Eintritt in den Kreis verspürt hatte, war ihm geblieben.

Als er endlich vor seiner Hütte stand, wurde ihm wundersam zumute, hatte sich doch einiges verändert. Die Tür war aus den Angeln gedreht und lag vor dem Eingang. Die Fensterhöhlen gähnten leer. Auch schien ihm das Strohdach tiefer gerutscht zu sein. Im Inneren roch es modrig, die Decke seines Lagers war verrutscht und zerlöchert, das Stroh darunter faul, und über ihm schaute ein Stück Himmel herein.

Er setzte sich draußen auf die Bank.

Es war Frühling, als er morgens die Hütte verlassen hatte - Es war immer noch Frühling oder wieder Frühling?

Später, viel später, wusste er, dass er sieben Jahre bei den Elfen verbracht hatte.

Die Hütte war ihm zu eng geworden, fast zärtlich nahm er Abschied. An der kleinen Quelle wollte er von nun an leben, dort, wo er die Lichtwesen kennen gelernt hatte. Er liebte diesen Platz. Oft lag er stundenlang dort und spürte das Leben um sich, über sich und unter sich. Das Pulsieren des verschwenderischen Lebens. Überall hörte er es wispern und flüstern, rauschen und singen, summen und brummen. Auf alles antworten zu können, durch den Spiegel des Herzens, erfüllte ihn mit unbeschreiblichem Glück.

Die Tage wurden länger. Die Sonne stieg immer höher hinauf am Himmel, bis sie ihre ganze Kraft entfalten konnte. Um die Mittagszeit glühte die Erde. Wassili lag dann im flirrigen Schatten des Birkenwäldchens neben seiner Quelle und lauschte.

Einmal entkleidete er sich und legte sich in das schmale Bachbett. Er genoss die flüchtigen Zärtlichkeiten seiner Freundin, die geschwätzig und quirlig überall um ihn war.

„Es ist wunderbar, deinen Körper zu fühlen, Schamane. Schon lange habe ich mich danach gesehnt."

„Du bist die Nymphe dieser Quelle? Jetzt sehe ich dich! Wie schön du bist; dein Körper, umspült vom langen Haar, grünlich schimmernd, der matte Glanz deiner großen, feuchten Augen."

„Wir erscheinen den Menschen immer in der Gestalt, in der sie uns gerne sehen möchten; wenn wir ihnen gefallen wollen. Ich würde mich freuen, kämest du oft in meine Arme, zum Streicheln, zum Liebkosen, zum Zärtlichsein."

„Das ist versprochen!"

„Übrigens hat da jemand eine Botschaft für dich: He, alter Griesgram, sage, was du zu sagen hast!" Und wieder zu Wassili gewandt: „Der große Brocken dort in meinem Bett ist mein Freund. Lange liegt er dort, schon ganz rund und handlich ist er geworden von meinen Zärtlichkeiten. Als ich ihn aus dem Ufer riss, war er spitz, rau und überall kantig."

Nun begann der Felsbrocken mit tiefer Stimme seinen Auftrag aufzusagen: „Schamane, sei hier, wenn das nächste Mal der große Mond bei uns vorbeikommt!"

„Wer ist es, den ich treffen soll?"

Doch Wassili erhielt keine Antwort, der Stein war verstummt. Hingegen schwätzte die Nymphe munter weiter: „Er wird dir nicht mehr erzählen. Soviel wie eben hat er schon lange nicht mehr gesprochen. Aber sicher wird es jemand sehr Wichtiges sein, der dich beim nächsten Vollmond hier erwartet. Ich bin schon jetzt ganz aufgeregt!"

In den nun folgenden Tagen und Nächten wurde ihm mehr und mehr zur Gewissheit, wen er dort treffen würde. Ungeduldig verfolgte er die Zunahme des Mondes. Er fühlte, dass seine Pilgerreise bald zu Ende sein würde. Der letzte Kreis der Seele würde aufgehen.

Endlich war es soweit! Die Sonne hatte vor ihrem Untergang mit kühnen Pinselstrichen alle Farben aus dem Regenbogen verschwenderisch in den Himmel geworfen. Der Tag verglühte in einer Symphonie des Lichtes. Die Dämmerung blies behutsam eine Farbe nach der anderen aus, bis es Nacht wurde. Dunstschleier stiegen aus den Wiesen auf, dämpften die Stimmen des Tages und ließen sie allmählich verstummen.

Doch an diesem Abend schien niemand schlafen zu wollen. Erwartungsvolle Stille trat ein: Die Feier der Nacht.

Übergroß und rötlich schimmernd hing der Vollmond über dieser verzauberten Welt. Sein Licht verwandelte sie vollends in einen Traum.

Auch Wassili hatte sich die feierliche Stimmung mitgeteilt. Versunken saß er am Treffpunkt. Seine Seele weit geöffnet, alles in sich aufnehmend, alles seiend.

Langsam zog der Mond seine Bahn, seine Konturen wurden klarer, der rötliche Schimmer verschwand im Licht.

Als er über der Quelle stand, saß auf dem Stein im Bachbett eine alte Frau, in grobe Tücher gehüllt, die Füße vom Wasser umspült.

Wassili konnte ihr Gesicht sehen: Ein so schönes Gesicht hatte er sein Lebtag nicht gesehen. Jedes Fältchen war ein Integral der Liebe, jede Rune das uralte Wissen der Welt, jede Furche deren Erlösung.

„Ich bin ohne Anfang und ohne Ende, alles was ist. Nichts kommt, nichts geht. Nichts wird geboren, nichts stirbt, alles ist und alles wandelt sich.

Es ist die Wandlung, die sich immer wieder neu ausdrückt. Doch die schier unendliche Vielfalt der Formen ist immer nur Ausdruck des Einen. Dennoch will jede Form gelebt sein."

Sie hob die Hand.

„Schaue hinauf in den Mond, Wassili, bis du davon zwei siehst, und erfahre deine Vielfalt."

Wassili tat wie ihm geheißen und als seine Augen gebannt waren, sah er mit dem Dritten Gesicht eine Gestalt auf sich zukommen; in zotteli-ge Felle gehüllt, kam sie schnell näher, als sie etwa fünf Schritt vor ihm stand, verbeugte sie sich tief. Mit einem breiten Lachen richtete sie sich wieder auf, kam noch näher und ging in ihn hinein.

Wassili spürte im gleichen Augenblick eine wilde Kraft in sich, die er irgendwie zu kennen glaubte.

Doch während er noch benommen in dieser Erfahrung sein Gleichgewicht suchte, näherte sich ihm erneut eine Gestalt.

Diese Begegnung verlief nach der gleichen Zeremonie; sobald auch sie in ihn eingetreten war, spürte er wieder eine innere Veränderung.

Gestalt auf Gestalt folgte, mal Frau, mal Mann, mal Kind; die Kleidung war von mannigfaltiger Art, auch der körperliche Zustand wechselte ständig: manche litten offensichtlich an irgendwelchen Gebrechen oder Verletzungen. Da war einer durch Folter verstümmelt, ein anderer durch Krankheit entstellt oder von Entbehrungen gezeichnet...

Am meisten fesselten Wassili die Augen dieser Menschenkinder: Manche starrten ihn aus dunklen Höhlen an wie tot, einige glühten vor

Hass, andere weinten oder schrien stumm vor Schmerzen, Hunger oder Durst.

Schon nach kurzer Zeit verlor Wassili das Gespür für sich, er verlor sein Ich-Bewusstsein, welches einer verwirrenden Vielfalt von sich widerstreitenden Gefühlen wich. Ihm war, als sei er alle diese Menschen gleichzeitig.

Mit jeder neuen Gestalt wuchs er, dehnte er sich aus, sowohl in die Höhe als auch in die Weite. Als auch dieses Gefühl sich in der Unendlichkeit verlor, stürzte er mit großer Geschwindigkeit ab - ins Licht. Eine Milchstraße nach der anderen durchraste er, und dann war da nur noch Freude, ein tiefes unbändiges Lachen stieg auf. Jede einzelne seiner Zellen vibrierte und gluckste in himmlischer Er-innerung und Auferstehung.

In diese Explosion hinein hörte er die Stimme der Alten:

„Komm' zurück, es ist noch nicht die Zeit." Und wie aus höchster Geschwindigkeit abgebremst, zerriss es ihn, dann bewegte er sich im gleichen Moment in die entgegengesetzte Richtung. Erst wie durch Nebel, schemenhaft, dann klarer, erkannte er eine Gruppe von Leuten, die sich abseits versammelt hatte und aus irgendwelchen Gründen nicht in ihn hatten eintreten können. Es waren eine, zwei, drei, vier, fünf Personen, darunter ein Knabe von sechs Jahren.

Kaum hatte er sie wahrgenommen, verschwanden sie auch schon und nichts blieb. Er saß wieder an seiner Quelle, der Alten gegenüber, und hörte sie sagen:

„Das ist der Weg: Wenn alles erfahren, gelebt und gelöst ist, wird die Liebe bedingungslos und ohne Grenzen. Wassili, gehe nun zu den Menschen und erfahre dich weiter. Sei ihnen Vorbild und Spiegel, doch mische dich nicht ein, bleibe stets bei dir, dann bist du das, was du bist - ein Schamane."

Mit diesen Worten war die Alte verschwunden.

Lange noch blieb Wassili regungslos sitzen. Der Zauber des Augenblicks sollte ihn nie mehr verlassen. Seine Seele reichte von nun an bis zu den fernsten Gestirnen, bis in die Ewigkeit. Aus dem Schneefeld, welches nach allen Richtungen hin in den Himmel überging, war ein lebendiger Raum geworden, der alles war, was war.

Wassili hatte seine Einweisung erhalten.

Gegen Morgen brach Wassili auf; es war Zeit, zu den Menschen zurückzukehren. Die Waldvögel begannen ihr Konzert, erst vereinzelt, dann spielte die gesamte Philharmonie. Heute musizierten sie ausschließlich für ihn. Wo immer er vorbeikam, wurde er gegrüßt: hier stand ein Dachs, dort im Zweig eine Haselmaus, hinter der Erle lugte eine Elfe hervor. Oft war er ein Stück Weges in Begleitung. Es schwatzte, scherzte und lachte, lief ein wenig vor oder im Kreis oder tanzte um ihn im Reigen.

Welch ein Morgen, welch ein Tag!

In der Ferne tauchte im Dunst sein Dorf auf. Schon konnte er die Hütte seiner Eltern ausmachen. Freudig, wenn auch nicht ohne eine gewisse Beklemmung, näherte er sich, verlangsamte die Schritte. Auf dem Hof lief ein kleiner Junge mit blondem wirrem Schopf herum, stürzte sich lachend in eine Schar Hühner, die mit großem Spektakel auseinander flatterte. Die Szene verschwand. Der Hof lag wieder leer vor ihm. Dieser Junge war er selbst einst gewesen.

Behutsam öffnete er die Tür. Ein vertrautes Bild bot sich ihm, als wäre die Zeit hier stehen geblieben. Der Vater löffelte seine Suppe, während die Mutter am Herd Speck ausließ. Erst, als er sich an den Tisch setzte, auf seinen Platz, bemerkten sie ihn. „Oh, mein Söhnchen!" Tränen schossen ihr in die Augen, als sie seinen Kopf umfing und ihn zärtlich an sich drückte. Auch der Vater wischte sich eine Träne mit dem Ärmel weg.

„Du bist lange fort gewesen! Geh' Mutter, hole uns was zu trinken und dann mache ihm was zu essen. Er ist ja ganz dürr geworden in der Fremde."

Sie holte den Wodka aus dem Küchenspind und schenkte ein: „Sollst leben, Wassilieschka!" - „Ja, Gott segne dich, Söhnchen!" Die Männer tranken. Inzwischen machte sich die Mutter am Herd zu schaffen. Sie schlug Eier in die Pfanne und schnitt Brot. Dann setzte sie sich dazu, schaute Wassili beim Essen zu, bis er fertig war.

„Erzähle, wie es dir ergangen ist".

„Nun, ich habe die ganze Welt kennen gelernt. Aber nicht so, wie ihr glaubt Mutter, Vater - ich bin ein Schamane geworden."

„Jesus Maria, Söhnchen!" Die Mutter schlug sich auf den Mund und bekreuzigte sich. Der Vater sah seinen Sohn wortlos an, als müsse er erst mal verstehen, was dieser da gerade gesagt hat. Dann bekreuzigte auch er sich.

Einige Wochen lebte er nun schon wieder im Dorf. Er arbeitete auf dem Hof und auf den Feldern und es war eine Lust zu leben. Mit den Tieren im Stall und auf der Weide unterhielt er sich, zuerst gab es Erstaunen, eines ihresgleichen unter den Menschen anzutreffen, doch dann war die Freude groß, zu wissen, dass er da war. Ging er an den Feldern entlang, bestürmte ihn das Elfenvolk, und auch hier wurde es, wann immer er auftauchte, ein kleines Fest.

Doch mehr und mehr füllte sein Herz sich mit Wehmut, als er merkte, wie die Leute aus dem Dorf ihm aus dem Wege gingen; noch schlimmer traf es ihn, dass auch seine Eltern gemieden wurden. Er spürte die Angst der Leute. Sie hatten Angst vor ihm. Was machte ihnen Angst?

Er hörte nicht ihre Gespräche, verstummte doch sofort jede Unterhaltung, wenn er oder seine Eltern dazu kamen. Auch ging man sofort auseinander, den Blick zu Boden gerichtet oder zur Seite. Und was man sich alles im Dorf erzählte! Nicht nur hier, auch in den Nachbarorten wusste man Geschichten zu berichten, die doch alle nicht mit rechten Dingen zugegangen sein konnten.

Da war der Schäfer:

„Ich stehe drüben an der Lochwiese mit meinen Schafen, alles ist friedlich. Taucht doch wie von ungefähr der Wassili auf. Im gleichen Moment laufen ihm alle meine Tiere entgegen, drängen sich um ihn und blöken wie besessen. Ich schicke den Hund, sie zurückzuholen. Was tut der? Der läuft auch hinüber, springt durch die Schafe hindurch und leckt dem Wassili die Hand, bellt und jault, wie wenn auch er dem Leibhaftigen begegnet sei. Ich pfeife ihn zurück, er gehorcht nicht. Endlich spricht der Wassili auf die Tiere ein und geht. Sie bleiben wie angewurzelt stehen und gaffen ihm nach. Den ganzen Nachmittag sind sie da gestanden. Ich sage euch, er hat sie behext."

„Auch mir ist eine ähnliche Sache passiert: Ich bin im Stall, füttere die Kühe, da heben sie plötzlich, wie auf Kommando, die Köpfe und beginnen zu brüllen, ohne aufzuhören. Ich stürze hinaus, weil ich den Lärm nicht aushalten kann. Da sehe ich den Wassili an meinem Stall vorbeigehen! Erst am nächsten Morgen haben die Tiere wieder gefressen."

„Erinnert euch doch bloß an die Geschichte von dem Fuhrmann aus dem Nachbardorf. Das ist doch sicher der Wassili gewesen?"

„Die alte Babuschka war in den Blaubeeren. Sie hat ihn unten am Bach tanzen sehen. Sie will drei Eide schwören, dass er nicht allein gewesen sei. Er habe laut mit jemand geredet und gesungen."

„Meine Alte war in der Kirche und traf den Priester an, wie er die Kirche mit Weihwasser säuberte. Er hat ihr gesagt, immer wenn die Mutter von Wassili komme, stinke es nach Schwefel!"

„Vorige Woche sind die Wildschweine im Kartoffelacker vom Igor gewesen, fast die Hälfte haben sie ihm weggefressen. Und denkt euch, genau daneben hat der Wassili auch ein Kartoffelfeld. Nicht eine Staude haben sie dort angerührt."

„Habt ihr die Kartoffeln von ihm gesehen? Mindestens viermal so groß wie unsere sind die. Oder sein Roggen! Die Ähren sind fünfmal so schwer wie sonst."

„Wie viele Kühe haben die?"

„Drei."

„Und ich habe fünf. Aber Wassili gibt mehr Milchkannen ab als ich."

„Wir schaffen von Sonnenaufgang bis Sonnenuntergang, und der Wassili liegt meistens im Gras, starrt in den Himmel und hat die beste Ernte!"

„Der Pope hat gestern geraten, keiner sollte mehr ohne Kreuz aus dem Haus gehen."

„Und wie der immer guckt! So scheinheilig freundlich. Aber ich falle da nicht drauf herein."

„Hat mir doch der Alte vom Wassili mit der Heugabel auf den Schädel geschlagen. Hier, schaut euch die Beule an. Nur weil ich nicht mit ihm sprechen wollte und ihm Bescheid gegeben habe, mit Teufelspack wolle ich nichts zu schaffen haben."

Im Spätherbst, als sich Bäume, Sträucher, Gräser und Blumen auf ihren jährlich wiederkehrenden kleinen Tod vorbereiteten, sich für dieses Fest in die köstlichsten Gewänder kleideten, klopfte er auch auf dem Hof an.

Eines Morgens lagen seine Eltern Hand in Hand vereint, still und friedlich da. Sie waren gemeinsam gegangen. Das Leid, als Aussätzige in ihrem Dorf zu leben, hatten sie nicht zu tragen vermocht, fehlte ihnen doch die Kraft, welche Wassili auf seiner Pilgerreise in die Einsamkeit gesammelt hatte.

Wassili hatte Überlegungen angestellt, das Dorf zu verlassen, doch hatte er den Gedanken wieder verworfen. Seinen Eltern hätte es nicht geholfen, so aber war er bei ihnen gewesen, sie zu trösten, ihnen Kraft zu geben.

Der Pope weigerte sich in gerechtem Glauben, die beiden Alten zu begraben, so tat es Wassili. Er schaufelte ein Grab auf dem Kirchhof, niemand hinderte ihn daran, und legte beide zusammen hinein, damit sie einander weiter stützen konnten.

Er sprach lange mit ihnen und weinte, dass er ihnen dieses Leid hatte zufügen müssen auf ihre alten Tage.

Er liebte die Menschen und gerade jene, welche auch ihm ihre Liebe entgegenbrachten, wurden zu Opfern dieser Liebe im unendlichen Leid. Eine Einsicht, die Wassili das Herz überlaufen ließ von Tränen.

Es war schon dunkel, obwohl es noch früh am Abend war, als eine kleine zittrige Faust an sein Fenster pochte.

„He, du! Du bist doch der Zauberer. Bitte mach meinen Bascha gesund." Ein kleiner Kerl stand dort, keine sieben Jahre alt, im Arm einen Hund, der fast so groß war, wie er selbst.

„Kommt herein!"

Wassili öffnete die Tür, machte den Tisch frei von Geschirr, damit sein Gast seine Last dort absetzen konnte.

„Bist du nicht der Sohn vom Igor?"

„Ja, ich bin Nikolai."

„Oh, sage deinem Vater, dass es mir leid tut wegen der Wildschweine."

„Das kann ich nicht, denn zu Hause wissen sie nicht, dass ich hier bin. Sie würden mich prügeln. Aber ich kann doch nicht meinen Freund im Stich lassen. Er will ihn morgen früh totschlagen. Bitte mache ihn gesund. Wir können auch einen Vertrag machen.“

„Was für einen Vertrag?“

„Nun, wenn er gesund ist, kannst du, sobald ich sterbe, meine...“

Der Kleine stockte, als er Wassilis erschrokkenen Blick auffing. Was musste er durchgemacht haben, bevor er sich entschlossen hatte, zu ihm zu kommen, um seinen vierbeinigen Freund retten zu lassen.

„Du musst wissen, Nikolai, ich bin weder ein Zauberer, noch ein Hexenmeister. Auch der Teufel bin ich nicht, was immer man im Dorf erzählt. Trotzdem wollen wir gemeinsam versuchen, deinem Freund zu helfen.“ Damit stellte er die Lampe dicht neben seinen Patienten, um ihn besser untersuchen zu können.

Bis auf die Knochen abgemagert war das Tier, das buschige Fell täuschte. Langsam und behutsam fühlten seine Finger den Körper ab. Als er in die Nähe des Kopfes kam, zuckte Bascha und begann zu wimmern. Beim Berühren der Schnauze weinte er wie ein kleines Kind.

„Nimm die Lampe und leuchte mir, Nikolai“.

Vorsichtig brachte Wassili Baschas Zähne auseinander und schob, als die Schnauze weit genug geöffnet war, ein Holzscheit dazwischen. Der Oberkiefer war stark vereitert und dick angeschwollen. Der Kleine hielt stumm die Lampe näher heran. Wassili bemerkte neben dem Reißzahn etwas Schwarzes. Es war scharf und spitz, und während er beruhigend auf den Hund einsprach, ergriff er mit der Schere den Fremdkörper, die Schere wie eine Zange benutzend, und beförderte mit einem leichten Ruck einen fast daumenlangen Knochensplitter zu Tage, der tief neben dem Zahn in den Gaumen eingedrungen war, nicht aber hatte herauseitern können, weil das obere Ende gegen den Zahn drückte.

Beide, Hund, wie Herr, fielen nach einem Aufschrei in sich zusammen. Das Holzscheit polterte zu Boden. Wassili ließ die beiden verschnaufen, setzte inzwischen Wasser aufs Feuer, um Kamille aufzugießen.

„Der Eiter muss raus, sage es ihm. Sage ihm auch, dass er wieder gesund wird“.

Einen Augenblick verharrte der Junge in seiner Erstarrung, die Lampe fest in der Faust. Dann löste sich die Verkrampfung. Ein Lächeln huschte über seine Lippen und die Lampe fiel zu Boden. Wassili stürzte herbei, ergriff sie und stellte sie auf den Tisch, bevor sie noch Schaden anrichten konnte. Dann brach es aus dem Kleinen heraus. Er plapperte, was ihm in den Sinn kam, dass sie bald wieder zusammen Nachjagen spielen würden, herumtollen.

Das Tier hörte stumm zu, ließ jedoch Wassili nicht aus den Augen, denn es wusste, dass die Behandlung noch nicht zu Ende war. Wassili schob ihm erneut das Holzscheit zwischen die Zähne, ließ Nikolai die Lampe halten und begann mit einem reinen Tuch, welches er in den Aufguss getunkt hatte, die Schwellung zu betupfen, um den Eiter heraus zu befördern. Mit einem Löffel träufelte er wiederholt die warme Kamille in die Wunde und presste sie behutsam wieder heraus.

Dann hatten sie es geschafft. Wassili breitete eine Wolldecke vor dem Herd aus und hob den Patienten vom Tisch auf das Lager.

„Magst du ihn mitnehmen?“

Der Kleine dachte eine Weile nach. „Vielleicht besser nicht, er sieht noch nicht gesund genug aus, und wenn der Vater morgen früh...“

„Gut, dann lasse ihn ausruhen, er war sehr tapfer, dein Freund“.

„Es ist der Tapferste von der ganzen Welt!“

„Wird man dich nicht schon vermissen?“

„Nein, aber ich muss jetzt gehen. Aber - hm - vielleicht...“

Er druckste herum, sah Wassili an, sah hinüber zu seinem Hund.

„Du, und danke.“ Er reichte Wassili die Hand, und weg war er.

„Du hast ein feines Herrchen, Bascha, du kannst stolz sein.“

Der Hund sah ihn an.

Am nächsten Morgen sah sich Wassili seinen Patienten an. Es war ein erfolgreicher Eingriff gewesen. Der Patient hatte Hunger. Wenn es nach Bascha gegangen wäre, hätte er sich den Leib voll geschlagen, aber da Wassili wusste, dass er die letzten Tage gar nichts hatte zu sich nehmen können, gab er ihm für den Anfang nur einen Napf voll Suppe. Es bekam ihm gut und schon am Abend gab es mehr.

Es ging schon auf Mitternacht zu, als Bascha plötzlich aufsprang und zur Tür lief, denn er hatte sein Herrchen kommen hören, noch bevor dieser klopfen konnte.

Es war rührend, wie die beiden einander begrüßten. Das Tier legte die Vorderpfoten auf die Schulter und Nikolai umarmte ihn, wobei sie mit viel Geschrei in der Stube herumsprangen. Schließlich ließen sich beide außer Atem auf dem Fußboden nieder.

„Guten Abend.“

„Grüß’ dich Gott, Nikolai.“

„Sage mal Wassili, stimmt das, was die Leute über dich im Dorf erzählen?“

„Ich weiß nicht genau, was sie über mich erzählen, was meinst du?“

„Dass du z.B. mit den Tieren sprechen kannst und mit den Pflanzen.“

„Nun, das stimmt schon. Schau mal, Bascha ist dein Freund, und du hast ihn sehr lieb. Wenn er Schmerzen hat, tut es dir ebenfalls weh, wenn du fröhlich bist, ist es Bascha auch: Ihr versteht euch! Hättest du noch andere Freunde, könntest du sie genauso verstehen. Alle Tiere sind meine Freunde. Alle Pflanzen auch. Weil ich sie lieb habe, verstehe ich sie“.

„Das leuchtet mir ein. Aber warum sagst du das nicht den Leuten?“

„Sie wollen nichts hören.“ - Und nach einer Pause: „Ich sollte dir eine Geschichte erzählen:

Vor langer, langer Zeit wurden die Menschen aus dem Paradies gejagt, wie du weißt, und es begann eine harte Probe für sie. Zuerst versuchten sie sich einzurichten und mit dem Leben fertig zu werden. Doch die Sehnsucht nach dem verlorenen Paradies wuchs und wurde immer größer, bis sie es nicht mehr aushielten. Da beschlossen sie, sich auf die Suche zu machen. Sie schickten Späher aus, den Weg zum Paradies zu erkunden. Die Späher blieben lange fort, denn der Weg dorthin ist weit.

Inzwischen wurde den Menschen das Warten zu lang. Sie befragten die Klügsten unter sich, und die kamen zu folgendem Schluss: ‚Im Paradies war es hell und warm, also suchen wir das Licht und die Wärme. Ihnen folgen wir, denn sie scheinen davon zu zeugen.'

Es waren alle einverstanden. Sie machten sich auf den Weg. Am Morgen, bei Sonnenaufgang, zogen sie gen Osten. Gegen Mittag gen Süden. Wurde es Abend, wanderten sie gen Westen. In der Nacht rasteten sie, um am Morgen ihre Wanderung wieder aufzunehmen.

Als der erste Späher zurückkam und sah, dass sie immer im Kreis pilgerten, bot er sich an, sie zu führen. Er wusste den rechten Weg. Aber die Menschen wollten nicht auf ihn hören, waren sie doch schon so lange auf dem Weg, dass es unsinnig wäre, nun einen anderen Weg einzuschlagen. Hieße es doch, dass sie ihren Weg die ganze lange Zeit umsonst gemacht hätten. Sicher kämen sie bald ans Ziel.

Nur die Kinder schrien immer zu Beginn und wollten nicht folgen. Es machte sie schwindelig. Aber mit der Zeit gewöhnten sie sich daran. Und eine andere Gruppe gab es da noch, die einsah, dass ihr Weg nicht der richtige sein konnte: Es waren die Sterbenden.

Sobald sie sich hinlegten, um sich auszuruhen und so zurückblieben, legte sich das Schwindelgefühl des Lebens und sie sahen klar. Die Späher wussten den rechten Weg. Denn sie waren ihn schon einmal gegangen. Die Sterbenden riefen die Späher zu sich und folgten ihnen.

Doch auch auf die Sterbenden hörte man nicht. Obwohl der Tod jedes Mal einen Zweifel hochkommen ließ.

Auch ich war ausgesandt als Späher und bin zurückgekommen als Seher, doch niemand hört mich."

„Es ist eine seltsame Geschichte, deine Geschichte. Wo ist das Paradies?"

„Oh, sehr weit. Du musst am großen Bären vorbei und weiter in Richtung auf den Nordstern. Wenn du dort angekommen bist, kannst du es schon sehen."

„Und wo beginnt der Weg dorthin?"

„Er beginnt bei der Liebe. Für dich bei der Liebe zu Bascha."

Nach einer Weile des Nachdenkens stand Nikolai auf. Er war ganz ernst und sagte: „Ich möchte dein Freund sein."

Wassili gab ihm die Hand.

Die Sonne hatte den Zenit schon überschritten, es war früher Nachmittag. Wassili lag am Feldrain unter einem Schlehdornbusch und starrte in den tiefblauen Himmel, in den hier und dort eine Lerche hinein kletterte. Im Busch summten die Bienen, unterbrochen vom aggressiven Gebrumm einer dicken Fliege. Am nahen Weiher klatschte es zuweilen, wenn ein Fisch die Wasseroberfläche durchstieß und wieder zurückfiel.

Von Ferne hörte man ein Pferdefuhrwerk kommen. Fröhliches Kinderlachen und -geschrei begleitete es.

Auf der Höhe Wassilis angekommen, hielt das Gefährt. Die Kinder sprangen vom Leiterwagen und stürzten Wassili entgegen, das Pferd mitsamt dem Wagen folgte ihnen.

„Guten Tag, Wassili." Es war Nikolai. Und zu den anderen Kindern gewandt: „Das ist mein Freund Wassili! Und hier, das ist Alijoscha, seine Schwester Irina, Gregor und Anna."

„Guten Tag."

Die fünf setzten sich Wassili gegenüber ins Gras und schwiegen. Das war also der Hexenmeister Wassili. Obwohl Nikolai schwor, er sei keiner. Aber so sicher waren sie nicht. Es war schon aufregend hier zu sein. Denn erstens war es ihnen streng verboten, sich ihm zu nähern, und zweitens war ja wohl irgendetwas Besonderes an ihm.

In dieses Schweigen tönte im nahen Wäldchen ein Kuckuck. Wassili antwortete ihm. Und nach einer kleinen Pause rief der Kuckuck wieder. Diesmal klang es viel näher. Als Wassili ihm wieder Antwort gab, kam der Rufer angeflogen und setzte sich auf einen Zweig im Schlehenbusch. Er war unruhig, ob der Kinderschar, doch als diese sich mucksmäuschenstill verhielt, blieb er sitzen und rief bald erneut. Wassili riss einen Grashalm aus, spannte ihn zwischen die Daumen, um darüber zu blasen. Es klang wie ein Lockruf. Und richtig, schon kam von drüben, aus den Kronen der Bäume, Antwort und bald versammelte sich im Schlehenbusch eine große Schar von geflügelten Sängern. Unter ihnen war vom Weiher der Sprosser gekommen und auch die Lerche war herabgestiegen.

Die Kinder saßen mit offenem Mund und verfolgten atemlos die Versammlung. Es war die Philharmonie der Freude und der Lebenslust, der sie lauschten. Bis Wassili in die Hände klatschte:

„Die kleinen Musikanten sind so fröhlich, lasst es uns auch sein. Lasst uns mit ihnen um die Wette singen."

Nach anfänglichem Zögern begannen auch sie in die Hände zu klatschen. Nikolai konnte Pfeifen und die kleine Irina sang am lautesten. Jedenfalls versuchten es die Kinder den Vögeln gleichzutun. Jeder sang ein anderes Lied, es war kaum auszuhalten. Bis die Vogelschar ihren Gesang abbrach, wie auf ein verabredetes Zeichen. Auch Wassili und die Kinder hielten inne. Erwartungsvolle Stille! Dann begann eine Schwarzdrossel ihr Lied zu singen. Nur sie sang. Ganz allein. Alles lauschte.

Als sie geendet hatte, gab es großen Applaus. Und nun sollte eines der Kinder vortragen. Irina machte den Anfang. Sie stand auf, trat einen Schritt vor, so dass sie ihre Kameraden im Rükken hatte - vor allem ihren Bruder -, um so ungestört singen zu können. Sie sang mit zittrigem, sehr hohem Stimmchen das Wiegenlied, mit welchem sie jeden Abend ihre Puppe in den Schlaf hinüberbrachte. Alle klatschten in die Hände, Vera verbeugte sich artig nach allen Seiten und setzte sich an ihren Platz zurück.

Als nächstes trat ein kleiner grauer Vogel auf mit rotem Kehlchen. Er sang, wie er wohl vorher nie gesungen hatte. So schön. Und jeder war erstaunt. Hatte doch, so schien es, noch niemand so ein Rotkehlchen allein singen hören. Das gab lang anhaltenden Beifall.

Nun war Alijoscha an der Reihe. Hell und klar und wunderschön klang seine Stimme, als er das Lied vom Mond anstimmte.

„Der Mond war allein und ärgerte sich darüber, dass alle schliefen und er niemand hatte zum Schwatzen. Da erblickte er durch ein offen stehendes Fenster ein schlafendes Kind in seinem Bett.

'Du, Kind', rief der Mond, denn er kannte ja den Namen nicht, 'komm heraus und spiel mit mir.' Das Kind kletterte aus seinem Bett und wandelte nach draußen auf den Hof. Doch mit ihm zur gleichen Zeit taten das viele, viele Kinder auf der ganzen Welt. Denn der Mond hatte ja den Namen nicht gewusst und hatte so alle Kinder angesprochen, die ihn hören konnten. Seit dieser Zeit ruft der Mond immer, wenn er sich langweilt, die Kinder aus den Betten, um mit ihnen zu spielen und zu schwatzen."

Das war auch schon wieder ein Höhepunkt im Wettbewerb, und dementsprechend fiel die Belohnung aus.

Als wieder Ruhe eingekehrt war, stellte sich ein kleiner Künstler vor. Es war der Sprosser, ein Bruder der Nachtigall. Süß und melancholisch klang sein Lied. Es sang von seinem Teich. Wie der Wind sich dort im Schilf versteckt, zusammenrollt und einschläft, nachdem er den ganzen Tag über rastlos unterwegs über die Länder hinweg geeilt war; vom dicken fetten Wassermann, der am Mittag ans Ufer kommt und schläfrig die Sonnenstrahlen genießt, bis er wieder ins Wasser rutscht und mit langsamen Bewegungen zum Grund rudert.

Auch von den Mücken, die, aus dem Wasser geboren, in den Äther steigen und aus Freude an der Freiheit über den Wassern tanzen - ungeachtet der Gefahren.

Als der Sprosser geendet hatte, waren die Kinder noch ganz gefangen vom Zauber. Auch war ihnen gar nicht bewusst geworden, dass sie das Lied hatten verstehen können.

Ein gefiederter Künstler nach dem anderen trug seine Melodie vor. Manche sprachen mehr als sie sangen. Der Wechselgesang war längst zu Ende, denn die Kinder waren natürlich weit in der Minderzahl.

Inzwischen standen die neugierigen und geschwätzigen Elfen im Kreis herum, noch konnten sie nicht gesehen werden, bis Wassili eine an die Hand nahm und mit den Kindern eine Kette bildete. Im gleichen Augenblick waren sie auch für die Kinder wahrnehmbar. Diese waren bereits so verzaubert, dass sie es ganz natürlich empfanden, dass da zwischen ihnen die Lichtwesen schwebten.

Dann war der Wettstreit zu Ende, und der Sieger sollte gekürt werden. Natürlich fiel es schwer, denn eigentlich hatten alle einen Preis verdient.

Nach langem Durcheinander einigte man sich auf zwei Sieger: Den Sprosser und Alijoscha. Von der Lichtkönigin wurde beiden ein Blumenkranz aufgesetzt und unter großem Geschrei und Gesang wurden sie gefeiert. Obwohl die Elfen einen allerliebsten Kranz für den Teichsänger gefunden hatten, war er noch zu groß und rutschte ihm immer wieder über ein Auge, was die Fröhlichkeit der bunten Gesellschaft noch verstärkte.

Plötzlich, niemand hatte sie kommen hören, sprangen die Eltern von Irina und Alijoscha mitten unter sie, griffen ihre Kinder, zerrten sie fort zum Wagen und kamen erneut, den Rest der Kinder zu „retten“. Im Nu hatten sie das Fuhrwerk der Kleinen hinten angebunden und mit bösem Peitschenknall polterten sie davon.

Wie durch einen Blitz aus heiterem Himmel getroffen, war alles auseinander geflogen. Dann breitete sich Stille aus. Doch es war die Stille der Traurigkeit. Kein Laut ringsum war zu hören. Niemand verspürte noch Lust etwas zu tun, selbst die Sonne machte sich davon, ohne die gewohnte abendliche Zeremonie der Farben zu inszenieren.

Im fahlen Licht der Dämmerung machte sich Wassili auf den Weg nach Hause.

Am nächsten Tag war Sonntag. Das ganze Dorf schien in der Kirche versammelt, wohin an gewöhnlichen Sonntagen nur die Alten kamen, um sich vorzubereiten auf den Weg aus der Zeit. Dicht gedrängt standen sie, Männer, Frauen und Kinder. Die Luft war drückend. Es roch nach verlöschenden Kerzen, schwerem Weihrauch und Kampfer. Und noch etwas war in der Luft: Ein fanatisches Glimmen knisterte da: „gerechter Zorn".

„Der liebe Gott steht und kämpft auf unserer Seite", so begann der Wechselgesang. Heute klang er nicht ergeben und fromm, eher bedrohlich, ja kriegerisch.

Als sie geendet hatten, blieben die Uhren stehen, sie bleiben immer stehen, wenn Unheil dräut.

„Heute haben wir uns versammelt im Angesicht des Herrn, um ihn und seine heilige Kirche zu verteidigen gegen seinen Widersacher. Lange haben wir uns in Geduld gefasst, um ihm zu ermöglichen, in den Schoß der heiligen Kirche zurückzukehren. Freut sich doch unser Herr über die Rückkehr eines verlorenen Sohnes mehr als über 99 Gerechte. Doch diesmal hat das Böse obsiegt! Hat er doch am helllichten Tag mit allerlei Teufelswerk unsere Kinder verwirrt, um sie zu fangen und zu seinesgleichen zu machen.

Ich sage euch, diesen Mann dürfen wir nicht länger mitten unter uns dulden. Wir können nicht tatenlos zusehen, wie er unseren Herrn verleugnet, sich gegen uns und unsere Kinder frech versündigt, ohne gerechte Strafe zu fürchten", wetterte der Pope und nach einer Pause fuhr er milder fort: „Und nun lasset die Kindlein zu mir kommen, spricht der Herr!"

Bei diesen Worten kam vorn Bewegung auf. Die Eltern der fünf angeblich so verführten Kinder zerrten diese vor den Popen und hielten sie fest im Griff, während der Gottesmann Weihwasser über sie sprenkelte und einem jeden mit feuchten Fingern das Kreuzzeichen auf die Stirn wischte.

„Oh Herr, nimm den Fluch von diesen Kindern, auf dass sie wieder reinen Herzens sind und demütig in die Gemeinschaft deiner Gemeinde zurückkehren können.

Oh Herr, hilf uns und stehe uns bei, wenn wir deine gerechte Sache verfolgen, deinen Feind besiegen und vertreiben. Im Namen des Vaters und des Sohnes und des Heiligen Geistes, Amen."

Nach dem Segen formierten sie sich zur Prozession. Vorn der Pope mit dem Kreuz, dahinter die Männer, dann die Frauen mit den Kindern.

Der Zug bewegte sich zum Dorfrand, zum Gehöft des Wassili. Das fromme Lied klang im Stakkato des Gleichschritts wie ein Soldatenlied. Die Soldaten singen auch um Wut und Mut zu vereinigen. So ist es wohl immer, wenn die Unzulänglichkeit des Menschen Unheil gebiert.

Als sie vor dem Hof angekommen waren, trat Stille ein. Niemand sprach ein Wort. Um so lauter schallte die Stimme des Popen: „Wassili, komme heraus! Wir wollen mit dir reden!"

Wassili trat vor die Tür. Nur der Pope war in den Hof getreten. Das Kreuz hatte er abgestellt und hielt es mit einer Hand aufrecht, mit der anderen fuchtelte er in der Luft herum. Hinter ihm, jenseits des Zaunes, standen die Bewohner des Dorfes, einen Halbkreis bildend.

Wassili schloss die Tür hinter sich und blieb stehen.

„Du hast in die Herzen dieser braven Menschen, die demütig und friedlich ihr hartes Los auf sich nehmen, das Böse hinein getragen. Bekenne deine Schuld und zeige Reue. Lange habe ich auf dich gewartet, in der Hoffnung, deine Seele fände zurück. Doch nun, da du dich an unseren Kindern versündigst, ist niemand mehr hier, der dir vergeben kann, möge Gott ..."

Inzwischen waren die Männer näher gekommen. Sie standen nun auch im Hof. Wassili spürte die Bedrohung im Bauch und überall auf seiner Haut. Von irgendwo hinten rief es: „Schlagt ihn tot!“

Zuerst wie ein Echo, dann im Chor, wiederholten sie den Satz: „Schlagt ihn tot!“

Steine flogen durch die Luft. Noch ehe Wassili sich schützen konnte, traf ihn ein Stein schwer an der Stirn. Wie gefällt fiel er um. Im Nu waren drei, vier Männer über ihm. Sicher hätten sie das Werk vollendet, wäre nicht der Pope geistesgegenwärtig dazwischen gesprungen, mit dem schweren Kreuz schlug er die Männer beiseite. Eingedenk der Kraft des Kreuzes, legte er dieses auf den reglos am Boden liegenden Wassili. Mit dröhnender Stimme jagte er die Männer zurück in die Reihen der anderen und verfluchte sie alle, die mit ihm gekommen waren.

„Ihr verfluchte Mörderbande! Ihr Teufel! Habe ich euch nicht getauft? Während er zitternd vor Erregung und Zorn sich die Menge vom Leibe hielt, zerrte er Wassili ins Haus, legte das Kreuz quer vor die Schwelle, um die aufgebrachte Bevölkerung abzuhalten, die Hütte zu stürmen.

Für einen Moment hatte der Pope durch sein Fluchen den Sprechchor verstummen lassen. Als er jedoch im Haus verschwunden blieb, schrien sie erneut.

Der Pope suchte ein Tuch, tränkte es mit Wasser, um Wassili das Blut vom Gesicht zu waschen. Dann spülte er es aus und legte es ihm auf die Stirn, wo sich aus der Verletzung immer wieder neu ein Rinnsal bildete. Ununterbrochen murmelte er dabei: „Wassili, wache auf. Du musst fort. Wassili, wache auf! Wache auf!“

Endlich, dem Popen schien eine Ewigkeit vergangen zu sein, schlug Wassili die Augen auf. Erst starr, nichts begreifend, die Augen seitlich verdreht, dann festigte sich sein Blick. Die Lebensgeister kehrten zurück. Ein dumpfes Hämmern und Pochen spürte er im Kopf, als wollte der Schädel zerspringen.

„Du musst hier fort, Wassili. Die Teufel bringen dich um!“

„Was ist es, das die Menschen so böse macht?“

„Es ist Angst. Sie haben Angst vor dir. Du hast etwas in Bewegung gebracht, was in ihnen selbst eine Ahnung hat anklingen lassen. Sie fürchten, ließen sie es zu, sie könnten werden wie du: allein und einsam. Sie haben nicht deine Kraft.“

„Wie willst du das wissen?“

„Ich weiß es, ich war gerade noch einer von ihnen. Eben erst ist es mir klar geworden. Wassili, du bist ein Heiliger und ich gehörte zu deinen Schergen!“

Bei diesen Worten kniete der Gottesmann nieder, um zu beten.

An den Fenstern tauchten immer wieder Gesichter auf, die in die Stube hinein blicken wollten. Einer rief plötzlich:

„Er verhext unseren Popen!“

Eine andere Stimme:

„Ja, der Pope lässt sich fangen!“

Und dann:

„Es brennt! Die Hölle öffnet sich!“

Wirklich hatte das Dach zu qualmen begonnen, und bald stiegen Flammen auf. Der Tumult glich einem Hexenkessel.

„Nimm das Kruzifix. Es wird dich schützen!“

„Ich glaube, Pope, das Kreuz wirst du jetzt selber brauchen.“

Sie traten gemeinsam hinaus, während sich der Priester das Kreuz auflud, blieb Wassili reglos stehen und blickte auf den Hexensabbat. Die panischen Schreie des Viehs weckten ihn: er lief hinüber zum Stall, dort band er das Pferd los, befreite die Kühe und löste den Riegel vom Schweinekofen, die Tiere stürzten ins Freie.

Und allmählich - wie wenn der wilde Tanz der Dämonen an Kraft verlor, wurden die Bewegungen langsamer und langsamer, bis jeder auf dem Hof innehielt. Das Prasseln und Krachen des Feuers verhallte. Die hell auflodernden Flammen wurden durchsichtig und unwirklich.

Stille ward Vollkommene Stille

Und dann - nach einer kleinen Ewigkeit - kam ein Windhauch auf, kaum spürbar, und berührte einen jeden in unendlicher Zärtlichkeit...

Besuchen Sie uns im Internet:

www.aktivraum.de

Da ist Musik drin!